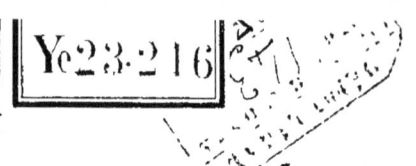

ÉNIGMES

PROVERBES

ET PUSIEURS AUTRES

SUJETS DIVERS

PAR

J.-G. GENIÈS DE LANGLE

AGEN

DE L'IMPRIMERIE S. DEMEAUX, PLACE PAULIN

1878

ÉNIGMES
PROVERBES

ET PUSIEURS AUTRES

SUJETS DIVERS

PAR

J.-G. GENIÈS DE LANGLE

AGEN

DE L'IMPRIMERIE S. DEMEAUX, PLACE PAULIN

1878

Voir la Table, à la fin pour tous les sujets contenus dans l'ouvrage.

Voir également à la fin, pour l'explication des énigmes par numéro d'ordre.

ÉNIGMES

Enfant souvent en pleurs, ou du moins toujours sombre,
Issu du sein ému des mers,
En naissant je parcours les airs ;
Et sous moi le soleil cède sa place à l'ombre.

1

Je suis blanche comme l'albâtre ;
Et du haut de la nue où je reçois le jour,
Sur la terre je viens m'abattre,
Mais seuls, les monts géants m'offrent un long séjour.

2

Tel est mon sort, que, certes, nul n'envie :
Soit de jour, soit de nuit,
Dès qu'il se fait près de moi, quelque bruit,
Il m'arrache la vie.

3

Tout comme Dieu je suis, d'éternelle existence :
Et dans mon humble patience,
Qui ne saurait se démentir,
D'un pas sans cesse égal allant vers l'avenir,
Je peux, comme Dieu, voir finir,
Oui, certes, tout ce qui sur terre prend naissance.

4

Bien qu'ici-bas souvent l'on use de mon nom
Pour flétrir l'ignorant, la buse ou le poltron,
　　Par ma vertu féconde,
　　Puisée au sein des mers.
La première au festin je régale le monde,
Et prépare la voie à tous les mets divers.

5

Pour prix de ma naissance ayant dû consentir
　　A ne jamais mentir,
　　Oui, certes, qu'on y songe.
Partout où moi je règne est banni le mensonge.

6

Lorsque parfois en proie au mécontentement,
Je trame des complots contre un gouvernement.
　　Oui, comme une lourde atmosphère
Qui soulève l'orage et cause mille effrois,
　　Du haut de ma puissante sphère,
Je soulève l'émeute et détrône les rois.

7

Bien qu'ici-bas sans cesse utile à chaque humain,
Dont je prends maints fardeaux du soir au lendemain,
Hélas! pendant le cours de mon humble carrière,
Ils me font mille affronts dans de sombres recoins;
Et tandis que je sers pour leurs plus grands besoins,
Honteusement chacun me tourne le derrière.

8

Fille des grands frimas et de l'eau refroidie.
　　Ce n'est qu'aux plus fort des hivers,

Que sur l'humide front des fleuves et des mers,
Je reçois tous les ans ma vie.

9

Vivant isolée à travers
L'éternelle fraîcheur des airs,
Hélas ! sous ma blanche tenue
Qui recouvre mes os. car je suis peu charnue,
Oui, malgré moi stérile en hiver, au printemps,
Même encore l'été qui me rend presque nue,
Je passe ainsi ma vie, à porter en tout temps,
Ma blanche tête dans la nue.

10

Redoutable habitant .
D'une région souterraine
Que n'ose affronter nul vivant,
Quand ma panse est trop pleine,
De mon brûlant trop plein dont je suis vomissant,
J'infeste l'air ! J'en couvre, autour de moi, la plaine.

11

Des coteaux, des vallons, invisible habitant,
Je répète à merveille,
Je répète à l'instant,
Tout bruit qui sans faiblesse arrive à mon oreille.

12

Ma défense est un dard. Ma vie est d'être errante ;
Enfin, le fruit de mes labeurs
Est une savoureuse rente
Que je fais aux hmains, et que je dois aux fleurs.

Bien qu'un souffle divin soit ici-bas mon père,
Et que je sois encore à l'abri du trépas,
   N'importe, hélas! lorsqu'au monde j'arrive,
Autour de moi la mort se cache sans soucis ;
Tandis qu'à peine elle entre au sein de mon logis.
   Qu'il faut que moi vite je me proscrive.

14

   Fidèle écho du temps
   Pour l'oreille et la vue,
   Chacun de mes accents
   Dont retentit la nue ,
Et chacun de mes pas que mon pouls constitue,
   Blesse à l'instant
   Chaque vivant ;
Et même le dernier qu'il distingue , le tue.

15

   Hélas! dans mon délire,
   A peine j'ose dire
   Que je suis un humain !
   Car sous ce doux trop plein
Où vous, noble Noé, jadis , aussi, tombâtes ,
Plus souvent que debout, je suis sur quatre pattes.

16

Dans mon art solennel, certes, sans nul contrôle,
Je coupe à l'être humain les jambes ou les bras ;
Je vide à fond son corps, soit par haut, soit par bas ;
   Je l'éventre dans certains cas ;
Et pour cela je prends pistole sur pistole,
   Même quand je mène au trépas.

17

Je suis sans âme et sans génie,
Et néanmoins dans le cours de ma vie,
Sur maints et maints sujets divers,
Je fais, par jour, des milliers de bons vers.

18

Ici-bas les humains parés d'une couronne,
Vivent triomphants sur un trône,
Pourquoi donc, moi qui suis triplement couronné.
Suis-je, honteusement et sans cesse,
L'objet de leur mépris ! Même à mort condamné,
Comme rebut de mon espèce ?...

19

Oui, sans cesse j'entoure en tous ses sens divers,
Un globe à forme rende,
Et néanmoins l'humain qui fait le tour du monde
Et parcourt l'univers,
En tous lieux, sur sa route,
Me voit toujours planer, et toujours faire voûte.

20

Dans ma rage où j'enflamme
Tout ce qui peut s'enflammer tant soit peu,
Oui mon corps est le feu ;
Et mon haleine est une ardente flamme.

21

Je suis
De buis.
Quant à ma forme, elle est ovale ;
Et faite pour servir d'amusette au gamin,
Par un seul geste de sa main

Que, certes, sans effort, gaiement il exécute.
    Me dégageant du lien
    Qui me presse le sein,
Je vole à terre , et fais mille tours par minute.

22

    Loin d'être une simple chaumière.
    Je suis un imposant palais,
Où tous les invités redoutent la lumière
    S'ils ne sont vierges de méfaits ;
Où même l'innocent, dans ses soupçons secrets.
    Parfois redoute les décrets.

23

Plus gloutonne, et j'en donne à chaque instant des preuves.
    Que le roi des Gargantuas,
    Certes, j'absorbe à mes repas,
Souvent de grands vaisseaux; chaque jour divers fleuves.

24

Dans mon rôle où je dois frapper sur l'innocent
    Si le coupable est mon client,
Mon arme est l'éloquence ; et parfois le mensonge ;
    Car, à vrai dire, qu'on y songe,
Avec le même zèle, avec la même ardeur,
Je soutiens le volé, je soutiens le voleur ;
Et d'une foi sincère avec art faisant montre,
Tour à tour je soutiens et le pour et le contre.

25

Sans porte ni fenêtre à mes murs souterrains ;
  Ainsi, froide et close à toute heure,
  Je suis néanmoins la demeure
Où l'on n'entend jamais murmurer les humains.

26

A mon gré je réduis toute chose en poussière,
Et néanmoins je courbe honteusement mon front,
    Si je subis l'affront
    D'une simple gouttière.

27

    Parfois, au sein ému des airs,
    Par moi, la foudre éclate et gronde ;
Et chaque jour par moi, tous les peuples du monde
Se parlent à l'instant ; même à travers les mers.

28

Je ne puis point voler... Je n'ai ni bras ni jambes ;
Et pourtant, mais sans être ici des plus ingambes,
A mon gré je franchis les murs et le gazon,
En portant aisément, sur mon dos, ma maison.

29

Je suis un monstre inerte et veuf d'yeux et d'entrailles ;
    Je suis encor, sans griffes et sans dents,
    Et néanmoins quand s'échauffent mes flancs,
A ma voix l'humain tremble ; et tremblent les murailles.

30

    Bien que fait d'un humble métal
Que le feu ramollit, que le marteau vient battre,

Je commande à la foudre ; et dans mon piédestal
A mon gré je la fais abattre.

31

Tel est mon sort,
Je le confesse,
Que je trouve toujours la mort
Partout où règne l'allégresse.

32

Bien que de mes pas sourds je vienne ainsi sans bruit
Chaque nouveau soir, sur la terre,
A peine j'apparais, que déjà s'assombrit
Oui, tout ce que le jour éclaire.

33

Trouvant ma vie au sein des yeux de tout vivant
Dont la paupière reste et bien calme et fermée,
Dès qu'elle s'ouvre, moi, je me livre au néant ;
Voilà le sort auquel ma vie est condamnée.

34

En mourant sous ma mère,
Je donne naissance à son fils.
Bien que blanc bec je suis sincère,
Croyez ce que je dis.

35

Faite pour recréer les oisifs et consorts,
De quelques mots discrets se compose mon corps,

Dont l'esprit des humains va fouiller chaque organe.
Pour y trouver enfin
Mon sens ! mis comme au sein
D'un palais diaphane.

36

Né d'un brûlant fluide
Exhalant ses fureurs au sein ému des airs.
Sans que nul ne me guide,
En naissant je franchis, d'un trait, les monts, les mers.

37

Lorsque de l'être humain
La fesse est seule reposée,
Je suis la partie opposée
Au plus bas de son rein.

38

Qu'on me paie un grand prix ou bien un prix modique,
Je suis toujours de bonne foi
Pour dire à chacun son physique,
Que nul ne connaît bien, s'il n'a recours en moi.

39

Bien que je sois, par ma nature,
Sourde, muette, aveugle, enfin vierge des sens,
Certes, par ma seule structure,
Sans cesse je rappelle, ici-bas, aux passants,
La respectueuse mémoire
Des mortels dont la mort n'a pu ternir la gloire.

40

De la femme je suis un attrait en renom ;
Je suis la source d'une mère ;

Et quand tout haut l'on énumère
Les chiffres jusqu'à cinq, on prononce mon nom.

41

En ennemi mortel de toute vérité,
Car à mort à son tour la vérité me blesse.
Je la combats sans cesse
Avec témérité.

42

PROVERBES

En ce temps d'égoïsme et d'orgueilleux esprit,
Mal qui part du plus grand, va jusqu'au plus petit,
On semble mesurer la politesse au mètre ;
N'en donnant que selon qu'on est riche ou puissant ;
      Hélas ! on dirait, n'en donnant
      Que pour l'argent qu'on peut y mettre.

—o—

Aussi fourbe que lâche, aussi vil que méchant :
      Fier derrière, poltron devant,
      Le calomniateur s'irrite
D'autant plus qu'on est loin ; et qu'on a du mérite.

—o—

Aux yeux des gens bien nés, comme des gens d'esprit,
      La patience vous grandit ;
      Et l'emportement vous abaisse.
Ce travers est commun, que chacun le confesse

—o—

      Tel qu'un osier traînant,
Que, de ses pieds, insulte tout venant,
      L'homme qui ne sait être
      En tout bon droit son maître.

Se laisse encore, avec un triste abus.
Mettre le pied dessus.

—o—

A l'instar ici-bas, de ces tissus divers
Brillants, soyeux dessus, mais affreux à l'envers.
Et d'effet peu durable,
Oui, certes, l'agréable
A pour nous son vilain revers,
Son revers sombre et détestable ;
Tandis qu'à l'instar des bons draps,
L'utile n'en a presque pas.

—o—

Comme l'astre du ciel qui féconde la terre
Et donne le parfum aux fleurs,
La foi, ce sublime mystère,
Donne la force à l'âme et la noblesse aux cœurs.

—o—

La vie, en ce bas monde,
Est une étroite route, en embûches, féconde.
Un sentier périlleux
Que le riche traverse avec moins de disgrâce ;
Mais d'où le pauvre sort, certes, moins soucieux,
Surtout quand il ne quitte, ici, que sa besace.

—o—

De même que la rose ou l'épineuse fleur,
Vous blesse, bien qu'avec douceur
On l'enlace en flairant le parfum qu'elle exhale,
De même, hélas ! un vil flatteur

Vous abuse, quand votre cœur
Savoure les encens dont, sans frein. il régale.

—o—

Dans les coins et recoins de ce terrestre lieu,
Où chacun rêve honneurs, autorité, richesse,
    L'or paraît être le vrai dieu ;
    Et la puissance, la déesse.

—o—

Dans ce monde où chacun secrètement se nuit,
    Ou, du moins, se jalouse ;
Où même votre ami, sous le frac ou la blouse,
    De vos malheurs se rit,
La bonne foi semble être une route scabreuse,
Où sous vos pas sans cesse un grand danger se creuse.

—o—

    Certes, vite l'humain s'aigrit
Aux plus humbles propos de tous ceux qui le blâment,
    Et par contre vite il sourit
Aux propos les plus vifs de tous ceux qui le flattent.

—o—

Chez l'humain les plaisir, les folâtres douceurs
    Sont la mauvaise graine
    Dont les germes, sans peine,
Corrompent à la fois et le corps et les mœurs :
    Les revers et la peine
Sont le crible qui purge et l'esprit et les cœurs

—o—

Tout flatteur, ici-bas, qui, d'un esprit avide,
Encense tout venant, d'un air doux, familier,

Ressemble à ce vil être, oui, que tout venant bride ;
Et qui, tour à tour, mange à chaque ratelier.

—o—

Sans frein, l'esprit vulgaire
Brutalise ou se rit du plus digne indigent ;
L'esprit noble, au contraire,
Le respecte toujours ; surtout en lui donnant.

—o—

L'oiseau mange la graine et la brebis l'herbage ;
Enfin, le lion prend la viande à son usage ;
La veille il s'en régale, aussi le lendemain ;
Mais plus avide encor que la bête sauvage.
Chaque nouveau jour l'être humain
Veut du nouveau pour sa dépense,
Sans jamais mettre un frein
Aux désirs de sa panse.

—o—

Chez les gens
Opulents,
La qualité, même la plus petite,
Vaut, d'ordinaire, à peu près; tout mérite ;
Les plus nobles vertus
Chez les gens sans fortune,
Oui, certes, tout au plus
Si cent en valent une.

—o—

Oui, tel est le ressort
De la justice humaine,

Qu'elle penche sans peine
Du côté du plus fort.

—o—

Sous l'empire du vice, une femme, une fille,
Est, ici-bas, comme l'anguille :
Plus vous faites d'efforts pour mieux la contenir,
Moins vous pouvez la retenir.

—o—

Dans ses priviléges, hélas ! et puissants et sans nombre,
L'opulence, ici-bas, d'un pouvoir sans pareil,
Intercepte, on dirait, tout l'éclat du soleil,
Tant, par contre, l'aspect de la misère est sombre.

—o—

La politique, en France, est un estaminet
Où grise la fumée ! où ceux qui le fréquentent
Austèrement commencent
Par déguster ; puis par boire à plein robinet
Ce breuvage, qu'enfin, l'un sur l'autre ils vomissent :
C'est ainsi qu'ils finissent.

—o—

Si je ne fais erreur, car l'erreur est facile :
Puissante pour nous captiver,
Mais, certes, prompte à succomber,
La femme est à la fois très forte et très fragile.

—o—

Il n'en est point des gens comme de l'animal :
Certes, en général,
Oui, le chaume est pour l'âne,

Le foin pour le cheval;
Chez nous, soit sous le frac, la blouse ou la soutane,
Souvent, souvent la buse a le meilleur régal.

—o—

Oui, certes, à la fois égoïste et frivole,
L'humain promet gaiement au gré de toutes gens ;
Il semble, hélas ! grincer les dents,
Quand il lui faut tenir parole.

—o—

Dans ce monde où les gens d'être des gens s'honorent,
Les loups ne se mangent entre eux ;
Mais, sans doute moins scrupuleux,
Les hommes, sans effrois, en secret se dévorent.

—o—

Puisque Dieu nous en donne à notre gré l'arbitre,
En bon droit, à bon titre,
Usons de tous ses dons mais n'en abusons pas,
Car partout, même à table,
L'excès devient toujours nuisible et détestable ;
Et même, souvent, creuse un gouffre sous nos pas.

—o—

Plus on caresse un chat, plus à mordre on le porte ;
Tel est, d'un cœur méchant,
Le sinistre penchant,
Car, plus vous êtes bon pour lui, plus il s'emporte.

—o—

Le Destin paraît être, il faut bien qu'on l'avoue,
Si fougueux partisan de tout terrestre excès,

Qu'il semble être aussi prompt à pousser à la roue
En faveur des revers qu'en faveur du succès.

—o—

Certes, ici-bas c'en est fait !
Dans la douleur extrême, une larme brûlante,
Larme de sang, comme il en est,
Ne le cède en puissance à tache diffamante :
Telle tache suffit pour tomber de son rang ;
Telle larme suffit pour perdre tout son sang.

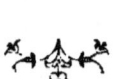

SUJETS DIVERS

JE N'Y VOIS PAS

L'AVEUGLE

(Romance)

Air : RAPPELLE-TOI

—o—

O toi, soleil, âme de la nature,
Astre divin que respecte le temps !
Ah ! quel mépris, céleste créature,
Quel mépris, même au retour du printemps !...
Aux prés, aux bois, aux fleurs tu redonnes la vie !
A chacun tu souris, chaque jour, à l'envie,
      Hélas ! et sans effroi,
      Tu t'aperçois que moi
      Je n'y vois pas ! (bis).

Souvent, souvent, du murmure de l'onde.
En soupirant, j'écoute le doux bruit !

Souvent, souvent, je consulte le monde,
Parfois muet, comme l'onde qui fuit !
A leur suave attrait, oui, je consulte encore,
Ces fleurs que sans refus toi-même fais éclore ;
Tout me parle de toi,
Oui, tout m'en parle ! Et moi
Je n'y vois pas ! *(bis)*.

Vois donc, vers toi, la joyeuse hirondelle,
En gazouillant, s'élever dans les airs !
Vois le grillon, frétiller de son aile !
Vois le regard de maints êtres divers !...
Au sein d'un tiède fleuve où ton doux front se mire !
Oui, le poisson folâtre en te voyant sourire !
Et moi, sous ton dédain,
Je te regarde en vain,
Je n'y vois pas ! *(bis)*.

JE N'IRAI PLUS

LE NAUFRAGÉ

Romance.

Air : RAPPELLE-TOI

—o—

Je n'irai plus vers ces lieux où ma mère
A d'amers pleurs se livre nuit et jour !
Je n'irai plus vers ces lieux où mon père
En vain comme elle attendra mon retour !...

Sur la côte déserte où lentement j'expire !
La tempête avec rage a brisé mon navire !
L'ouragan m'a banni !...
Mon pays ! C'est fini !
Je n'irai plus ! *(bis)*.

Sur cette plage, humide, froide et nue
Où mon cœur voit, pour salut, le trépas !
Où mon œil n'a que la mer et la nue
Pour tout chemin à tracer à mes pas,
Hélas ! oui, mon esprit comme un éclair s'envole
Loin ! bien loin ! par delà cette vague si folle !
Mais, hélas ! c'est en vain
Qu'il s'élance au lointain !
Je n'irai plus ! *(bis)*.

De ce parage, où sans dédain, je tombe
A deux genoux, sur un banc rocailleux !
De cette rive où se creuse ma tombe,
A mon pays j'adresse mes adieux !...
Oui, d'un élan rapide et d'une aile oppressée,
Au sein de mon pays s'en revient ma pensée !
Mais, hélas ! non, mes yeux
Ne verront plus ces lieux !
Je n'irai plus ! *(bis)*.

CONSOLE-TOI

LE PARDON

Romance.

Air : RAPPELLE-TOI

—o—

Console-toi, quand ton âme craintive
Entend gémir lugubrement ton cœur !
Console-toi, quand de l'onde plaintive
Le sourd murmure acère ta douleur !
A l'issu d'un noir songe à travers les ténèbres,
Alors que tes nuits sont, comme tes jours, funèbres,
    Ecoute ces deux voix
    Qui disent à la fois :
      Console-toi ! (bis).

Console-toi, quand ton âme brisée,
Au noir destin parle de son poison !
Quand le remords, en ta triste pensée,
Montre à ta vie un sinistre horizon,
De l'ange qui te garde, entends ce mot suprême :
Console-toi ! Dieu cède au repentir extrême...
    Quand Dieu te bénira,
    Ma voix te redira :
      Console-toi ! (bis).

Console-toi, quand ton âme éperdue
Expie, en pleurs, un funeste abandon !

Quand ta pensée, oui, vers le ciel tendue
Demande à Dieu la mort ou le pardon,
Ecoute ce que Dieu te dit presque lui-même ;
Oui, songe qu'il pardonne une faute à qui l'aime ;
Tant que mon cœur battra,
Comme l'ange il dira :
Console-toi ! (bis).

LES CHARMES D'UN BEAU JOUR

LES CHARMES D'UNE BELLE NUIT

ET MON HÉLÈNE

Romance.

Quand parfois, par un jour
Où gaiement la nature
Etale ses attraits devant la créature !
A mon gré je contemple au seuil d'un frais séjour,
D'abord un ciel d'azur, puis, à mon alentour,
Le doux chant des oiseaux, l'ombrage et la verdure,
Oui, j'admire la terre et le ciel tour à tour, } bis.
Et désire, en secret, que, tard, ce beau jour dure. }

Mais quand par une nuit
Où chaque astre étincelle,
Où, par son doux parfum, chaque fleur se révèle !

Assis sur la colline, où le zéphir sourit,
Du chant du rossignol j'écoute le doux bruit.
Tandis qu'auprès de moi bat le cœur de ma belle.
Oui, la nuit, à mes yeux, a son charme à son tour. |
Et sans regret mon œil voit s'éclipser le jour. | *bis.*

Mais lorsque à certaine heure,
Heure que je maudis
Autant que l'ombre noire où je rêve et languis !
Sans Hélène il me faut revivre en ma demeure ;
Et'là, dans ce lieu sombre, étouffer mes ennuis,
Et comprimer ainsi mon amour, mon haleine,
Oui, je désire alors, ne voyant mon Hélène, |
Qu'enfin le jour succède aux ténèbres des nuits. | *bis.*

LES VERTUS DE L'AMOUR

I

Plus vaillant que l'abeille
Qui, dès la nuit tombante, à son travail met fin,
L'amour qui toujours veille
Est nuit et jour ardent, persuasif et fin.

Plus puissant que la terre,
Qui, pendant les frimas, est vierge de fruits verts,
Bravant toute. atmosphère,
Il produit même au cœur du plus fort des hivers.

Plein de force et d'ivresse
Tant l'hiver que l'été, tant le jour que la nuit,
C'est ainsi que, sans cesse,
Avec grâce il vous mène où son goût le conduit.

Et se jouant de l'âme,
Bien que pourtant toujours, doux conseiller des cœurs.
Hélas ! sa douce flamme
A son gré maintes fois nous fait verser des pleurs.

Dès notre adolescence,
En lui nous trouvons tous un maître souverain ;
Et telle est sa puissance,
Qu'il grandit quand on veut à ses lois mettre un frein.

Oui, rien que par lui-même,
Il agite à son gré tout un monde à la fois ;
Et, comme un Dieu suprême,
A ses lois il soumet les bergers et les rois.

Mais ce terrible hercule
N'aimant guère à lutter qu'avec de vrais Bayards,
Il trouve ridicule
D'exercer sa puissance au foyer des vieillards.

Et c'est pourquoi, sans doute,
Il le délaisse, ou bien il le raille en passant,
Quand parfois sur sa route
Il en trouve un qui semble être encor grimaçant.

LE CRIME ET LE REPENTIR

PAROLES D'UN CRIMINEL MARCHANT VERS L'ÉCHAFAUD

Dévoilé par l'écho des cris de ma victime !
Hélas ! sans nul retour de moi c'en est donc fait !
J'aperçois l'échafaud, vengeur de mon forfait !
J'y marche d'un pas lent... j'y traîne ainsi mon crime !...

Oui, je tremble et pâlis d'effroi, non de remords,
C'est pourquoi de mon œil nulle larme ne tombe !
C'est pourquoi je suis sourd aux prières des morts
Que pour moi j'entends dire en marchant vers ma tombe !..

Et plein de sentiments qui détruisent ma foi !
Puis rougi de ce sang que ma main criminelle
Osa faire jaillir sans pitié, sans effroi,
S'il est un Dieu j'encours une peine éternelle !...

Mais pourtant ce bel Astre éclairant l'univers !
Mais sous mes pieds ce sol pivotant dans les airs !
Mais encore ce cœur qui palpite en moi-même,
Qui donc en est l'auteur s'il n'est d'Etré suprême ?...

Oui, tout révèle un Dieu ! Même un démon jaloux !
Car je crois voir déjà, chose que Dieu tolère !

Oui, Satan, plein de fiel plutôt que de colère !
Se rire, en me voyant prier à deux genoux.

Car à cette heure affreuse où je me trouve infâme !
Où la crainte d'un Dieu remplit d'effroi mon âme,
Oui, je sens devant lui mon doux front se courber !
Mes deux genoux fléchir !... Mes yeux presque pleurer !..

De grâce ! donc, de grâce ! arrête-toi, gendarme !...
A Dieu laisse-moi dire un mot de repentir,
Car je verse à cette heure une première larme !
Et de mon cœur ému sort un premier soupir !

Pour protéger en moi ce penchant qui m'entraîne !
Oh ! de grâce ! gendarme, ouvre donc cette chaîne !
Oui, permets que ma main, pour la première fois,
Puisse, pour mon salut, faire un signe de croix !...

Oui, je sens mon cœur battre à cette heure dernière !
Oui, je sens qu'une larme inonde ma paupière,
Et néanmoins je tremble au noir seuil du trépas,
Car Dieu peut-être est sourd aux pleurs des scélérats !..

Mais à peine un bourreau va clore ma carrière !
Qu'une voix surhumaine à mon cœur dit tout bas :
Au ciel monte à ton gré l'écho de ta prière !
Espoir pour ton salut !... Dieu ne te maudit pas...

LA CRÉATION DU MONDE

❖ ❖

Quand, jadis, l'Eternel, las de voir sous ses yeux
Le règne injurieux
D'impassibles ténèbres
Qui semblaient le cacher dans leurs ombres funèbres !...
Quand Dieu voulut enfin, un être adorateur,
Au sein de tout un monde ayant riche frontière
Révélant sa puissance ainsi que sa Grandeur,
Aussitôt la lumière
Eclaira du néant la noire profondeur...
D'un trait, le firmament dans les airs prit sa place,
Et presque au même instant, dans son immense face,
Apparut l'Astre-Roi, superbe de splendeur !...
La terre aussi, d'un trait, pivota dans l'espace,
Et déjà sur son sein surgissaient avec grâce,
De verts gazons, des fleurs, de frais bocages, puis,
Mille suaves fruits !
Déjà, les doux parfums du jasmin, de la rose,
De la jonquille, enfin, de chaque fleur éclose,
De concert, embaumaient les airs !...
Déjà, de purs ruisseaux à l'onduleuse course,
S'en allaient en tous sens, de leur féconde source,
Abreuver les gazons, les rendre toujours verts !...
Déjà, des fleuves et des mers
Formaient de splendides surfaces,
Comme autant de miroirs, de gigantesques glaces,
Où, d'un lointain séjour, célestes régions,
Chaque astre, en se mirant, put compter ses rayons !...

Mille et mille animaux encore,
Que chez elle, partout, la terre vit éclore,
Parcouraient ou fouillaient ses chairs !
D'autres sillonnaient les airs
Et d'autres sillonnaient l'onde !...
Bientôt après, un pur souffle divin
Fit surgir l'être humain
Déjà roi de la terre !...
Par un nouveau mystère,
D'un trait, la femme, enfin,
Avec grâce apparut sur la machine ronde !
Et déjà l'univers avait pu se parer
De parfums, de brillants ! Se parer sans mesure,
D'une riche parure
Aux yeux du couple humain ! comme pour acclamer,
Dans sa stupeur profonde,
Et le Fils du Grand-Maître ! Et la Reine du monde.

UN MAGISTRAT MODÈLE

Il est de par le monde un bourgmestre éminent,
Vrai ressort social que tout régime embauche ;
Et servant tour à tour à droite, au centre, à gauche,
Il est, pour le Pouvoir, l'aviron permanent.
Serait-ce, par hasard, quelque grand de Castille ?
Grâce au ciel, non : car, sûr, c'est un Français pur sang ;

Et quand de son écharpe il entoure son flanc.
Son cœur en bat de joie, et son œil en pétille.

On lui rend mille honneurs, à vrai dire on le doit,
Car de la monarchie, à propos, il s'inspire;
A propos il devient le soutien de l'empire ;
Et de la république il devient le bras droit...
Oui, c'est un homme illustre, ici, tout le révèle ;
Et de même qu'il a grande âme, il a grand cœur,
Car pour avoir un Mai que rêva Sa Grandeur,
Il prodigua ses vins, il immola sa Vêle!...

Ainsi donc, gloire à toi qui, du sein de tes veaux,
Et de la lie encor de ton vin le plus rance,
Sais faire ainsi jaillir la grandeur de la France,
Et le plus pur encens de maints amis nouveaux !
Oui, gloire à toi, car Dieu saura bénir ton zèle,
Et tes nouveaux amis sauront vider ton chai !...
Oui, gloire à toi qui fus le héros de ce mai,
Qui proclame, en ton nom, un magistrat modèle.

LES PLEURS PERPÉTUELS

EN SAINTS LIEUX

Il est ici des gens d'une exigence extrême,
Implorant en saints lieux des secours personnels,
Oui, recourant, sans cesse, en tout, à Dieu lui-même.
Faut-il donc que l'Etre suprême

Vive esclave de ses autels,
En prêtant son oreille, à toute heure, aux mortels ?
　　Non, non ; un Dieu, bien qu'il nous aime,
Ne peut avoir pour nous des soucis éternels ;
Car si quelqu'un priait sans cesse à notre porte,
　　Fut-ce un riche, un pauvre, n'importe,
Qu'on lui dirait enfin : que le diable t'emporte !
　　Avec tes pleurs perpétuels !

COMPLIMENT D'OCCASION

FAIT A UNE VIEILLE COQUETTE

En vous voyant toujours belle comme une fleur
　　Dont le temps, à vrai dire,
N'a pu que vainement menacer la splendeur,
Ainsi que les parfums, sans pouvoir les détruire !
Quand je vous vois, au gré de chaque admirateur,
Avec grâce, causer ; avec grâce, sourire !
Et quand je vois, enfin, la violette et le musc
Se joindre à vos attraits dont ma muse s'inspire,
　　Oui, mes yeux tout émus,
　　Et mon cœur davantage,
Croient admirer en vous cette noble Vénus
Qu'adoraient tous les dieux ! Et que respectait l'âge.

DIAGONALE

.

Fils !
Ton père
Et ta mère
Que tu maudis
En fils réfractaire ,
Viennent te dire adieu ,
Avant de quitter ce lieu ,
Où tu seras l'unique maître
De nous voir à jamais disparaître .
Si tes affronts, qui nous minent toujours,
De toi, font sans cesse, un implacable traître,
En secret maudissant les auteurs de ses jours !...
Pour prix de ton noir crime ! oui, de ton crime infâme,
Qui nous cause ainsi les maux les plus amers,
. Peut-être, hé'as! oui, sans retour ton âme
Bientôt brûlera dans les enfers !..
Et quant à ton cœur de vampire,
Dur et vil amas de chair
Qui ne sait que maudire,
Déjà pour détruire
Ce cœur de fer
Cœur de bête,
Le ver
Guette.

L'INTEMPÉRANCE

DU ROI GALANT-HOMME

—o—

Si par la voix du Droit-Canon,
Eut été prononcé mon nom
Pour de Jésus être héritier sur terre ;
Autrement dit, si j'eusse été Saint-Père,
Pouvant, selon mes vœux, ma sainte volonté,
D'un autre divin Titre orner la Papauté,
Certes, sur ma foi, tant qu'à faire,
Je n'eusse point choisi l'infaillibilité...
Car la prudence étant chose très nécessaire
Au sein de ce terrestre lieu
Où même Jésus-Christ eut plus d'un adversaire,
Alors, à l'exemple de Dieu,
Mais, bien entendu, Dieu le père,
Que n'atteint le démon, ni le fer ni le feu,
A l'instant j'eusse opté pour la Toute-Puissance,
Afin que sire Emmanuel
Ne put, dans son intempérance,
Avaler sans façon le Pouvoir temporel ;
Doux mets qu'en un jour solennel,
Certes, sans nulle révérence,
Ce roi, dit galant-homme, engloutit dans sa panse.

LES HUMBLES & LES SUPERBES

—o—

Lorsque parfois ému des grands airs de risée
Ou des airs de dédain que prennent sans pudeur
Et les sots appointés et la buse dorée
Envers le malheureux ou l'humble serviteur !
Oui, quand parfois enfin, dans ma douleur profonde,
Je cherche à deviner les lois du Créateur,
Sur ce sol inégal de la machine ronde,
Où se combat la bête, où se combat le monde !
      Où le plus juste a tort
      S'il n'est point le plus fort !
Où l'être heureux se rit de tout être qui pleure !
Où les indignes gens bravent les gens d'honneur,
Oui, certes, sur ma foi, tout me dit à cette heure,
Qu'il faut ici des cœurs de mille dards percés,
Pour conquérir à Dieu l'âme des insensés.

L'HIRONDELLE CALOMNIÉE

Il est ici des gens qui, dans un sot excès,
  Maudissent l'hirondelle.
A cause qu'elle part, lorsque chez nous pour elle,
  Les beaux jours sont passés.

Dès que, devant l'automne, un doux été s'incline,
  Elle part, disent-ils,
Comme nous fuient encor la plupart des amis,
  Si notre sort décline.

Comme ces fourbes gens, disent-ils sans pitié,
  Elle est donc une ingrate !
Elle n'aime, chez nous, rien que ce qui la flatte,
  Elle est sans amitié.

Ah ! pauvre être ! ici-bas, de la douceur l'emblème !
  Combien tu souffrirais,
Si tu pouvais comprendre, ainsi que je le fais,
  Le fiel de ce blasphème !

Et révolté du mal qu'un verbeux assassin
  Ose ainsi sur toi dire,
De cœur je tiens sur toi ce langage plus sain,
  Que la raison m'inspire :

Es-tu l'image, ici, de l'être au cœur pervers!
  O toi, douce hirondelle,
Qui ne saurais déplaire à nul dans l'univers,
  Sauf à l'âme cruelle ?...

En ingrate surtout, fuis-tu, d'un humble arceau,
  La voûte hospitalière!
Toi qui franchis les mers, pour pondre, en tendre mère,
  Dans ce même berceau ?...

Quand nos lois font partir pour la terre étrangère,
  Un fils plein de regrets!
Parce qu'il se résigne à de cruels décrets,
  N'aime-t-il donc sa mère ?...

Oui, comme ce doux fils qui fuit, quand il le faut,
  Une mère chérie,
Tu pars... mais, comme lui, tu rejoins au plus tôt,
  Notre chère patrie.

Oui, tu fuis les frimas dont le mortel degré
  Force ainsi ta conduite !
Oui, tu fuis la fureur de la saison maudite,
  Hélas! bon gré mal gré...

Car n'ayant pour tous mets, toi, pauvre créature,
Que l'insecte volant,
Ton sort deviendrait donc, en hiver, désolant,
Manquant de nourriture...

Et dès lors les frimas devenant triomphants
De l'instinct, qui te guide,
De toi ne serais-tu, même, de tes enfants,
Le coupable homicide ?...

Celui donc, qui sur toi jette ainsi son poison
Et ne craint de le dire,
Est, certes, moins que toi l'ami de la raison,
Osant de toi médire.

Car, vierge de tout mal comme toujours tu fus,
Et toujours douce et calme,
A l'instar de nos saints tu mérites la palme
Des plus nobles vertus.

Oui, comme ces cœurs purs qui, fuyant vain mirage
Enviaient les déserts,
Paisiblement tu vis seule au milieu des airs,
Vierge de tout ravage.

C'est pourquoi, cher oiseau, quand la feuille jaunit,
Déjà mon cœur gémit !
Car il me semble alors entendre sonner l'heure
Où tu fuis ma demeure...

Et bientôt mon esprit t'accompagne avec peine
    Vers ton lointain séjour !
Car il languit sans cesse en attendant le jour
    Où le ciel te ramène...

Tous les ans reviens donc sous mon toit gazouiller
    Au gré de ma tendresse !
Oui, reviens, car les torts que l'insensé t'adresse
    Ne sauraient nous brouiller...

Oui, franchis sans péril ce long cours dans l'espace,
    Où tu vas, deux fois l'an,
Braver de l'aquilon, des flots et du milan,
    La fureur et l'audace !

Oui, viens ainsi prouver à mes soupçons amers,
    Que pour toi ma prière
A vaincu du milan la griffe meurtrière,
    Et la rage des mers...

Ah ! oui ! dès ton retour, garde-toi de me craindre,
    Car moi je sais t'aimer !
Oh ! non ! ne me crains point ! car loin de te blâmer.
    Je ne sais que te plaindre...

Oui, vite, dis du haut de ton palais d'azur,
    Et de ta voix sonore,
Dis qu'un nouveau printemps, d'un souffle doux et pur,
    Ta ramenée encore !...

Oui, cher petit oiseau ! comme Dieu je bénis
  L'être doux et fidèle,
Viens donc sous mes arceaux , angélique hirondelle,
  Viens y faire tes nids !

Ah ! j'aime encore à voir ceux qui sur mes poutrelles
  Parlent de tes aïeux !
Viens donc calmer l'écho de leurs derniers adieux !
  Oui, viens dans mes tourelles !...

Viens, et reviens gaiement, aux beaux jours, me charmer
  Par ta douce nature !
Oui, viens vers mon amour, ô douce créature !
  Car moi je sais t'aimer.

ERRATUM

Page 33, ligne 12, au lieu de :

Où les indignes gens bravent les gens d'honneur,

Lisez :

Où les indignes gens, dans leur féroce humeur,
Bravent les gens d'honneur.

TABLE

EXPLICATION DES ÉNIGMES

www.ingramcontent.com/pod-product-compliance
Lightning Source LLC
Chambersburg PA
CBHW072258210626
46818CB00017B/1423